하루하루가 이별의 날

OCH VARJE MORGON BLIR VÄGEN HEM LÄNGRE OCH LÄNGRE

Copyright © Fredrik Backman 2015
Korean translation copyright © 2017 by Dasan Books All rights reserved.

The Korean language edition is published by
arrangement with Fredrik Backman c/o SALOMONSSON AGENCY Sweden
through MOMO Agency, Seoul.

이 책의 한국어판 저작권은 모모 에이전시를 통한
Fredrik Backman c/o SALOMONSSON AGENCY Sweden 사와의
독점 계약으로 (주)다산북스에 있습니다. 저작권법에 의해 한국 내에서 보호를 받는
저작물이므로 무단전재와 무단복제를 금합니다.

하루하루가 이별의 날

프레드릭 배크만 소설

이은선 옮김

차 례

독자 여러분께
6

하루하루가
이별의 날
9

독 자 여 러 분 께

내 우상은 이런 말을 남겼다. "나이를 먹어서 가장 나쁜 점은 더 이상 아무 아이디어도 떠오르지 않는다는 것이다." 처음 들은 순간부터 이 말은 내 머릿속을 떠날 줄 몰랐다. 육신보다 상상력이 먼저 스러지는 것이 나의 가장 큰 두려움이기 때문이다. 나만 그렇진 않을 것이다. 인간은 죽는 것보다 나이 먹는 것을 더 두려워하는 특이한 종족이니까.

이 책은 기억과 놓음에 대한 이야기다. 한 남자와 그의 손자, 한 아버지와 아들이 주고받는 연서이자 느린 작별 인사다.

솔직히 누군가에게 보일 목적으로 시작한 원고가 아니었다. 나는 글로 적어야 이해할 수 있는 사람이기에 그냥 내 생각을 글로 정리하려고 했을 뿐이다. 그런데 쓰다보니 내가 아는 가장 훌륭한 사람을 서서히 잃는 심정, 아직 내 곁에 있는 사람을 그리워하는 마음, 내 아이들에게 그걸 설명하고 싶은 바람을 담은 짧은 글로 발전했다. 이제 그것을 고스란히 내 손에서 떠나보내려고 한다.

이것은 거의 항상 한 쌍으로 움직이는 것처럼 보이는 사랑과 두려움에 관한 이야기다. 무엇보다 아직 우리 곁에 남아 있는 시간에 관한 이야기다. 이 이야기를 선택해주신 여러분에게 감사의 뜻을 전한다.

바닥 한가운데 초록색 텐트가 놓인, 삶의 끝자락의 병실이 있다. 그 안에서 눈을 뜬 사람이 거기가 어디인지 몰라 숨을 헐떡이며 무서워한다. 옆에 앉아 있던 청년이 속삭인다.

"무서워 마세요."

*

 지금이 제일 좋을 때지. 노인은 손자를 보며 생각한다. 세상을 알 만큼 컸지만 거기에 편입되기는 거부할 만큼 젊은 나이.

 벤치에 앉아 있는 노아의 발끝은 땅바닥에 닿지 않고 대롱거리지만, 아직은 생각을 이 세상 안에 가두지 않을 나이라 손은 우주에 닿는다. 옆에 앉은 할아버지는 어른답게 굴라고 잔소리를 하던 사람들이 포기할 정도로 나이를 먹었다. 어른이 되기에는 너무 늦었을 만큼 나이를 먹었다. 그런데 그 나이 역시 나쁘지는 않다.

 벤치가 있는 곳은 어느 광장이다. 노아는 광장 너머에서 새롭게 솟아오르는 태양을 보며 눈을 크게 껌뻑인다. 아이는 여기가 어디인지 모르겠다고 할아버지에게 실토하고 싶지 않다. 이것은 그들이 자주 벌이는 게임이다. 노아가 눈을 감으면 할아버지가 두 사람 모두 한 번도 가본 적 없는 곳으로 아이를 데려간다.
 눈을 질끈 감고서 할아버지와 같이 시내로 나가 버스를 네 번이나 갈아타야 할 때도 있지만, 할아버지가 호숫가에 있는 집 뒤편의 숲속으로 데려가고는 그만일 때도

있다. 이따금씩 노아가 잠이 들 만큼 오랫동안 배를 타기도 하는데, 한번은 할아버지가 "일어나렴" 하고 속삭이더니 지도와 나침반을 주며 집으로 돌아갈 방법을 연구해 보라고 할 정도로 멀리 간 적도 있었다.

할아버지는 길을 잃어버릴 일은 절대 없다고 생각한다. 평생 할아버지의 믿음을 저버린 적 없는 두 가지가 수학과 손자다. 할아버지가 젊었을 때 여러 사람들이 머리를 맞대고 남자 셋을 달까지 보내는 법을 계산한 적이 있었는데 세 사람은 수학 덕분에 거기까지 갔다가 돌아올 수 있었다. 숫자를 믿으면 무사히 돌아오게 되어 있다.

그런데 이곳은 좌표가 없다. 길도 없고 여기까지 오는 길을 가르쳐주는 지도도 없다.

노아는 할아버지가 오늘 눈을 감으라고 했던 것을 기억한다. 할아버지의 집을 빠져나와 호수로 데려간 것도 기억한다. 눈을 감아도 주변에서 나는 소리와 물이 부르는 노랫소리를 들으면 호수라는 걸 알 수 있다. 축축한 나무를 딛고 배에 올라탔던 것도 기억하지만 거기가 끝이다. 자기와 할아버지가 어쩌다 이렇게 둥그런 광장의 벤치까지 오게 됐는지는 알 길이 없다. 이곳은 처음이지만, 어렸을 때 썼던 물건들을 누군가가 엉뚱한 집에 슬쩍 가져다

놓기라도 한 듯 모든 게 눈에 익다. 저쪽에 있는 책상 위엔 할아버지의 사무실 책상처럼 작은 계산기와 정사각형 편지지가 놓여 있다. 할아버지는 휘파람으로 구슬픈 곡조를 나지막이 불고 잠깐 숨을 고른 다음 속삭인다.

"이 광장이 하룻밤 새 또 작아졌구나."

그러고는 다시 휘파람을 분다. 노아가 묻는 듯한 눈빛으로 쳐다보자 할아버지는 그 말을 입 밖으로 냈다는 사실을 그제야 깨닫고 놀란 표정을 짓는다.
"미안하다, 노아노아. 여기서는 생각을 하면 말이 돼서

나온다는 걸 깜빡했다."

할아버지는 손자의 이름을 남들보다 두 배 더 좋아하기에 항상 '노아노아'라고 부른다. 할아버지는 한 손을 손자의 머리에 얹지만 머리칼을 헝클어뜨리지 않고 그냥 손가락을 얹어놓기만 한다.

"무서워할 것 없다, 노아노아."

벤치 아래에서 활짝 핀 히아신스들이 수백 개의 조그만 자줏빛 손을 줄기 위로 뻗어 햇살을 품는다. 아이는 그게 무슨 꽃인지 안다. 할머니의 꽃이고 크리스마스 냄새가 난다. 다른 아이들에게는 크리스마스 냄새가 생강 쿠키와 멀드 와인 냄새일지 몰라도 식물을 좋아하는 할머니 밑에서 자란 아이에게는 히아신스일 수밖에 없다. 누가 큼지막한 병에 넣어두었다가 떨어뜨려 깨뜨리기라도 한 것처럼 꽃들 사이에서 유리 조각과 열쇠들이 반짝인다.

"저 조그만 열쇠들은 다 뭐예요?"

아이가 묻는다.

"무슨 열쇠 말이냐?"

할아버지가 묻는다.

노인의 눈빛은 이제 이상하게 멍하다. 노인은 좌절감에 미간을 톡톡 두드린다. 아이는 뭔가 말을 하려고 입을 열었다가 그 모양을 보고 다시 다문다. 조용히 앉아서 길을 잃었을 때 어떻게 하면 되는지 할아버지에게 배운 대로 한다. 주변을 둘러보며 특징이 될 만한 지형지물과 단서를 찾는다.

  할아버지가 나무를 사랑하기에, 나무는 사람들의 생각 따위 아랑곳하지 않기에 벤치는 나무로 둘러싸여 있다. 나무 위에서 날아올라 날개를 펼치고 바람에 편안하게 몸을 맡기는 새들이 시커먼 실루엣으로 보인다. 초록색 용 한 마리가 졸린 얼굴로 광장을 가로지르고, 배에 조그만 초콜릿색 손자국들이 찍힌 펭귄이 한쪽 모퉁이에서 잠을 자고 있다. 그 옆에는 눈이 하나밖에 없는 폭신폭신

한 부엉이가 앉아 있다. 노아도 아는 녀석들이다. 예전에 모두 노아의 장난감이었다. 할아버지는 노아가 태어나자마자 용을 선물했다. 할머니가 갓 태어난 아이에게 안고 잘 인형으로 용을 주는 건 적당하지 않다고 하자 할아버지는 적당한 손자는 바라지도 않는다고 대꾸했다.

사람들이 광장 여기저기를 걸어다니고 있지만 가물가물하게 보인다. 눈에 힘을 주고 들여다보려고 하면 베니션블라인드 사이로 새어 들어온 햇살처럼 흩어져버린다. 그중 한 명이 걸음을 멈추고 할아버지에게 손을 흔든다. 할아버지는 애써 자신만만한 표정을 지으며 손을 마주 흔든다.

"누구예요?"

노아가 묻는다.

"어…… 글쎄…… 기억이 안 난다, 노아노아. 아무래도…… 너무 오래전 일이라……."

할아버지는 아무 말 없이 우물쭈물하다 주머니를 뒤적거린다.

"오늘은 지도도 그렇고 나침반도 그렇고, 도움이 될 만한 도구를 아무것도 주지 않으셔서 집으로 돌아가는 길을 어떻게 찾으면 좋을지 모르겠어요, 할아버지."

노아가 속삭인다.

"여기서는 그런 것들이 있어봐야 아무 소용 없을 거다,

노아노아."

"여기가 어딘데요, 할아버지?"

할아버지는 손자가 알아차리지 못하도록 소리 없이, 눈물 없이 울음을 터뜨린다.

"그건 설명하기가 어려운 문제로구나, 노아노아. 설명하기가 정말, 정말 어려운 문제야."

*

 그의 앞에 서 있는 아가씨는 오래전부터 그 자리에 붙박인 듯 히아신스 향기를 풍긴다. 그녀의 머리칼은 나이를 먹었지만 그 사이사이로 부는 바람은 새롭고, 그는 사랑에 빠지는 느낌이 어떤 건지 아직도 기억한다. 그 느낌은 가장 마지막까지 그의 곁에 남을 기억이다. 그녀와 사랑에 빠진다는 건 그의 몸속이 모두 채워지는 걸 뜻했다. 그가 춤을 춘 것도 그 때문이었다.
 "시간이 너무 없어."
 그가 말한다.

그녀는 고개를 젓는다.

"우리에게는 영원이 남아 있어요. 아이들, 손자들."

"눈 한번 깜빡하니까 당신과 함께한 시간이 전부 지나가버린 느낌이야."

그가 말한다.

그녀는 웃음을 터뜨린다.

"나랑 평생을 함께했잖아요. 내 평생을 가져갔으면서."

"그래도 부족했어."

그녀는 그의 손목에 입을 맞춘다. 그의 손가락에 뺨을 댄다.

"아니에요."

두 사람은 길을 따라 천천히 걷는다. 그는 그 길을 예전에도 걸어본 듯한데 그 끝에 뭐가 있는지 기억이 나지 않는다. 그의 손이 그녀의 손을 단단히 감싸고, 그들은 손이 떨리지도 않고 가슴이 욱신거리지도 않는 열여섯 시절로 돌아간다. 그의 심장은 지평선까지 달릴 수도 있겠다고 속삭이지만 한숨을 돌린 순간 허파가 더 이상 말을 듣지 않는다. 그녀는 걸음을 멈추고 묵직한 그의 팔 밑에서 가만히 기다린다. 이제 그녀는 그를 떠나기 전날처럼 다시 나이를 먹었다. 그는 그녀의 눈꺼풀에 대고 속삭인다.

"노아한테 어떤 식으로 설명하면 좋을지 모르겠어."

"알아요."

그녀가 말을 꺼내자 숨결이 그의 목에 부딪쳐 노래가 된다.

"얼마나 컸는지 몰라. 당신도 볼 수 있으면 좋을 텐데."

"보여요, 보여."

"여보, 보고 싶어."

"나는 지금도 당신 곁에 있어요. 사랑스럽고 까다로운 당신 곁에."

"하지만 이제는 내 기억 속에서만 살고 있잖아. 여기에서만."

"그게 뭐가 중요해요. 나는 전부터 당신의 여길 제일 좋아했는걸."

"광장을 가득 채웠는데 하룻밤 새 다시 전보다 작아져 버렸어."

"알아요, 알아."

그녀가 부드러운 손수건으로 그의 이마를 토닥이자 손수건에 빨간색의 조그만 꽃이 핀다. 그녀는 그를 가만히 타이른다.

"피가 나잖아요. 배를 탈 때는 조심해야지."

그는 눈을 감는다.

"노아한테 뭐라고 하지? 내가 죽기도 전에
그 아이를 떠나야 한다는 걸 무슨 수로 설명하지?"

그녀는 그의 턱을 손으로 감싸고 입을 맞춘다.

"사랑스럽고 까다로운 낭군님, 우리 손자한테 늘 하던 대로 설명해야죠. 당신보다 똑똑한 아이한테 설명하듯이."

그는 그녀를 꼭 끌어안는다. 그는 조만간 비가 내리리라는 걸 안다.

　　　　　　　　　＊

　노아는 할아버지가 설명하기 어렵다는 말을 꺼내자마자 곧바로 할아버지가 겸연쩍어하고 있다는 걸 알아차린다. 할아버지는 노아에게 한 번도 그렇게 말한 적이 없다. 다른 어른들이 전부 그렇게 얘기하고 노아의 아빠는 날마다 그렇게 얘기하지만 할아버지는 아니다.

　"네가 이해하기 힘들 거라는 뜻이 아니야, 노아노아. 내가 이해하기 힘들 거라는 뜻이지."

　노인은 변명을 한다.

　"할아버지, 피가 나요!"

아이가 외친다.

할아버지는 손가락으로 이마를 더듬는다. 피 한 방울이 눈썹 바로 위 깊게 찢어진 상처 끝에 맺혀서 중력과 싸우고 있다. 그러다 결국 셔츠 위로 떨어지자 곧바로 두 방울이 따라서 떨어진다. 방파제에서 한 아이가 용감하게 바다로 뛰어들면 다른 아이들도 따라 들어가는 짝이다.

"그래…… 그래, 아마…… 넘어진 모양이다."

곰곰이 기억을 더듬는 할아버지의 표정을 보면 이것도 혼자 한 생각이었던 듯하다.

하지만 여기서는 생각을 하면 말이 돼서 나온다. 아이가 눈을 휘둥그레 뜬다.

"잠깐, 할아버지가…… 할아버지가 배에서 넘어졌어요. 이제 기억이 나요! 그때 다치신 거예요. 제가 아빠를 불렀어요!"

"아빠를?"

할아버지가 되묻는다.

"네. 걱정 마세요, 할아버지. 아빠가 곧 데리러 올 거예요!"

노아는 이렇게 장담하고, 할아버지의 팔뚝을 토닥이며 그 나이답지 않게 의젓한 태도로 할아버지를 진정시킨다.

할아버지의 눈동자가 불안하게 흔들리자 아이가 단호하게 말을 잇는다.

"섬으로 낚시하러 가서 텐트에서 잘 때면 항상 할아버지가 뭐라고 했는지 기억하시죠? 조금은 무서워해도 괜찮다고, 오줌을 싸면 곰들이 얼씬도 하지 않을 테니 좋다고 하셨잖아요!"

할아버지는 노아의 모습마저 점점 가물가물해지는지 눈을 열심히 깜빡이는데, 몇 번 고개를 끄덕이는 동안 눈빛이 초롱초롱해진다.

"맞아! 맞아, 내가 그랬지, 노아노아. 내가 그렇게 얘기했지! 낚시하러 갔을 때. 아, 노아노아야, 정말 많이 컸구나. 정말 많이 컸어. 학교 다니기는 어떠냐?"

노아는 놀라서 두근거리는 심장 때문에 침을 꿀꺽 삼

키며 애써 침착한 목소리로 대답한다.

"좋아요. 수학은 제가 일등이에요. 너무 걱정 마세요, 할아버지. 아빠가 금방 데리러 올 거예요."

할아버지는 아이의 어깨에 손을 얹는다.

"다행이다, 노아노아야, 다행이야. 수학만 잘하면 언제든 집으로 돌아갈 수 있어."

아이는 이제 덜컥 겁이 나지만 할아버지한테 들키지 않도록 큰 소리로 외친다.

"3.141!"

"592."

할아버지가 곧바로 대답한다.

"653."

아이도 막힘이 없다.

"589."

할아버지는 웃음을 터뜨린다.

원의 넓이를 계산할 때 필요한 원주율 외우기도 할아버지가 좋아하는 게임이다. 할아버지는 비밀의 문을 열어서 온 우주를 우리에게 보여주는, 이런 신비한 숫자들을 사랑한다. 할아버지는 원주율을 소수점 이하 200번째 자리까지 외운다. 아이의 기록은 그 절반이다. 할아버지는, 아이의 사고는 확장되고 할아버지의 사고는 수축돼서 둘이 중간에서 만나는 날이 올 거라고 입버릇처럼 얘기한다.

"7."

아이가 말한다.

"9."

할아버지가 속삭인다.

아이가 거칠거칠한 손바닥을 꼭 누르자 할아버지는 아이의 두려움을 알아차리고 이렇게 얘기한다.

"내가 병원에 갔을 때 얘기한 적 있니, 노아노아야? 내가 '선생님, 선생님, 팔이 여기서 부러졌어요!' 했더니 선생님이 이렇게 대답했지. '아이구, 우리 병원에서요? 이것 참 죄송합니다!'"

아이는 눈을 깜빡인다. 주변이 점점 더 흐릿해져가고

있다.

"그 얘기 전에도 하셨잖아요, 할아버지. 할아버지가 좋아하는 농담이잖아요."

"아."

할아버지는 무안해진 얼굴로 나직이 말한다.

광장은 완벽한 원형이다. 나무 꼭대기에서 바람이 전투를 벌인다. 나뭇잎들은 백 가지 초록빛 사투리로 종알거린다. 할아버지는 일 년 중에서 이 무렵을 가장 좋아했다. 히아신스의 팔 사이로 따뜻한 바람이 새어나오고, 피 몇 방울이 할아버지의 이마에 말라붙어 있다. 노아는 손가락을 핏방울에 대고 묻는다.

"여기가 어디예요, 할아버지? 제 인형들이 왜 여기 이 광장에 있어요? 할아버지가 배에서 넘어졌을 때 무슨 일이 벌어진 거예요?"

순간 눈물이 할아버지의 속눈썹 사이로 흘러내린다.

"여기는 내 머릿속이란다, 노아노아. 그런데 하룻밤 새 또 전보다 작아졌구나."

　테드와 테드의 아빠는 정원에 있다. 히아신스 향기가 난다.
　"학교 다니기는 어떠냐?"
　아빠가 무뚝뚝하게 묻는다.
　아빠는 늘 그렇게 묻지만 테드는 대답하기가 난감하다. 아빠는 숫자를 좋아하고 아이는 문자를 좋아한다. 두 사람은 서로 다른 언어를 쓴다.
　"글짓기 숙제에서 가장 좋은 점수를 받았어요."
　아이는 말한다.

"수학은? 수학 성적은 어떠냐? 숲속에서 길을 잃었을 때 너를 집으로 데려다줄 언어의 성적은 어떠냔 말이다."

아빠는 으르렁거리듯 이야기한다.

아이는 아무 대답도 하지 않는다. 아이는 숫자를 이해하지 못한다. 어쩌면 숫자가 아이를 이해하지 못하는 것일 수도 있다. 아빠와 아이는 한 번도 서로의 눈을 쳐다본 적이 없다.

아직 젊은 아빠는 허리를 숙이고 화단에서 잡초를 뽑기 시작한다. 분명 일 분쯤 지난 줄 알았는데 다시 허리를 폈을 때는 날이 어두워져 있다.

"3.141."

아빠는 중얼거리지만 이젠 그 목소리가 낯설게 들린다.

"아빠?"

아들의 목소리지만 전과 다르게 조금 더 굵어졌다.

"3.141! 네가 좋아하는 게임이잖니!"

아빠는 고함을 지른다.

"아니에요."

아들은 조심스럽게 대답한다.

"네가……."

아빠는 운을 떼지만 말문이 막힌다.

"피가 나요, 아빠."

아이가 말한다.

아빠는 아이를 보며 눈을 몇 번 깜빡이다가 고개를 젓고 일부러 커다랗게 함박웃음을 짓는다.

"아, 살짝 긁혔다. 내가 병원에 갔을 때 얘기한 적 있니? 내가 '선생님, 선생님, 팔이……'."

아빠는 입을 다문다.

"피가 나요, 아빠."

아이는 진득하게 똑같은 말을 반복한다.

"내가 '팔이 부러졌어요' 했거든. 아, 아니다, 내가……기억이 안 나네…… 내가 좋아하는 농담이었는데 말이다, 테드. 내가 좋아하는 농담이었는데. 나 잡아당기지 마라, 좋아하는 농담 정도는 나도 할 수 있어!"

아이는 조심스럽게 아빠의 손을 잡지만 이제는 손이 조그맣기 짝이 없다.
그에 비하면 아이의 손은 삽과 같다.
"이 손, 누구 손이냐?"
노인은 헉 하고 놀란다.
"제 손이에요."
테드가 대답한다.
아빠는 고개를 젓는다. 이마에서 피가 흐르고 눈빛이 분노로 가득하다.

*

"우리 아들 어딨어? 우리 꼬맹이 어딨어? 대답해!"
"잠깐 앉으세요, 아빠."
테드가 애원한다.
아빠는 우듬지를 감싼 땅거미를 눈으로 훑는다. 고함을 지르고 싶지만 방법이 생각나지 않는다. 목구멍에서 이제는 쇳소리만 난다.
"학교 다니기는 어떠냐, 테드? 수학 성적은 어떠냐?"
수학만 잘하면 언제든 집으로······.
"앉으세요, 아빠. 피가 나요."

아들은 애원한다.

아이는 수염이 났다. 아이의 뺨을 만지자 짧고 뻣뻣한 수염이 아빠의 손바닥을 찌른다.

"이게 어떻게 된 거냐?"

아빠가 속삭인다.

"배에서 넘어지셨어요. 그 배를 타고 나가지 말라고 말씀드렸잖아요, 아빠. 위험하다고요. 특히 노아까지—"

눈이 접시만 해진 아빠가 흥분한 목소리로 아이의 말허리를 자른다.

"테드? 테드냐? 달라졌구나. 학교 다니기는 어떠냐?"

테드는 천천히 숨을 쉬며 또박또박 대답한다.

"학교는 졸업했어요, 아빠. 이제 어른인걸요."
"작문 점수는 어떠냐?"
"제발 앉으세요, 아빠. 앉으시라고요."
"겁이 난 표정이로구나, 테드. 뭐에 그렇게 겁이 났니?"
"걱정 마세요, 아빠. 그냥…… 제가…… 그 배는 타지 마세요. 수천 번 말씀드렸는데……."

그들이 있는 곳은 이제 정원이 아니다. 벽은 하얗고 아무 향도 나지 않는 방 안이다. 아빠는 수염이 난 뺨에 손을 얹는다.
"걱정 마라, 테드. 나한테 낚시 배웠던 거 기억하지? 섬에 텐트를 쳐놓고 잔 날 네가 무서운 꿈을 꿔서 오줌을 싸는 바람에 내 침낭에서 잤잖니. 그때 내가 뭐라고 했는지 기억하지? 곰들이 얼씬도 하지 않을 테니 오줌 싸길 잘했다고 했잖아. 조금 무서워한다고 안 될 건 없어."

아빠는 거기서 자지 않을 누군가가 깔끔하게 정리해놓은 소파 베드에 앉는다. 이곳은 아빠의 방이 아니다. 테드가 옆에 앉자 노인은 아들의 머리칼에 코를 묻는다.

"기억하지, 테드? 섬에 텐트를 쳐놓고 잤던 거 말이다."

"아빠, 텐트에서 같이 잤던 사람은 제가 아니라 노아였잖아요."

아들은 속삭인다.

아빠는 고개를 들고 아들을 쳐다본다.

"노아가 누구냐?"

테드는 다정하게 아빠의 뺨을 쓰다듬는다.

"노아요, 아빠. 제 아들요. 노아랑 같이 텐트에서 주무셨죠. 저는 낚시를 좋아하지 않고요."

"좋아하잖아! 내가 가르쳐줬잖니! 내가…… 내가 안 가르쳐줬니?"

"저한테 가르쳐주실 시간이 없었죠, 아빠. 늘 일을 하시느라. 하지만 노아한테 가르쳐주셨죠. 노아한테는 전부 가르쳐주셨죠. 그 아이는 아빠처럼 수학을 좋아하고요."

아버지는 손끝으로 침대를 여기저기 더듬는다. 주머니

안에서 무언가를 점점 더 미친 듯이 찾는다. 아들의 눈에 고인 눈물이 보이자 방 한구석으로 시선을 돌린다. 손이 떨리지 않게 손마디가 하얘지도록 주먹을 쥐고 성난 목소리로 중얼거린다.

"하지만 학교 다니기는 어떠냐, 테드? 학교생활은 어떤지 얘기해봐라!"

*

　소년과 할아버지, 두 사람이 할아버지의 머릿속 벤치에 앉아 있다.
　"머릿속이 아주 훌륭한데요, 할아버지?"
　노아는 격려하는 투로 얘기한다. 할머니가 말하길, 할아버지가 잠잠해지면 그때마다 칭찬을 해야 다시 시동이 걸린다고 했기 때문이다.
　"고맙구나."
　할아버지는 미소를 짓고 손등으로 눈물을 훔친다.
　"좀 지저분하긴 하지만요."

아이는 씩 웃는다.

"너희 할머니가 돌아가셨을 때 한참 동안 여기에 비가 내렸거든. 그 뒤로 다시 정리를 하지 않았어."

이제 보니 벤치 아래 흙이 진창으로 바뀌었는데 열쇠와 유리 조각들은 아직 그대로 있다. 광장 너머는 호수고, 넘실거리는 얕은 파도에 밀려서 배에 얽힌 기억은 이미 지나갔다. 노아는 머나먼 섬에 쳐놓았던 초록색 텐트가 눈앞에 보일지도 모른다는 생각을 하며, 새벽에 일어났을 때 서늘한 이불처럼 나무를 다정하게 감싸고 있던 안개를 떠올린다. 노아가 무서워서 잠을 못 자겠다고 하면 할아버지는 끈을 꺼내서 방파제에 배를 묶듯 한쪽 끝은 자

기 팔에, 반대쪽 끝은 노아의 팔에 묶고, 무서운 꿈을 꿀 때마다 끈을 잡아당기면 얼른 깨워주마고 약속했다. 할아버지는 한 번도 약속을 어긴 적이 없었다.

  노아의 다리가 벤치 아래에서 달랑거린다. 용은 광장 한복판에 있는 분수대 옆에서 잠이 들었다. 다른 쪽 바닷가의 지평선 위에 높은 빌딩 몇 개가 옹기종기 모여 있고, 무너진 지 얼마 안 된 것처럼 보이는 건물들의 잔해가 주변을 온통 뒤덮고 있다. 마지막까지 남아 있는 건물들은 앞면이 깜박이는 네온사인들로 뒤덮여 있는데, 시간이 없었거나 응가가 급했던 사람이 아무렇게나 붙여놓은 것 같다. 이제 보니 네온사인들이 안개 사이로 윙크하며 글자를 빛내고 있다.

'중요함!' 한 건물은 이렇게 깜빡인다. '기억할 것!' 한 건물은 이렇게 얘기한다. 하지만 바닷가에서 가장 가깝고 가장 높은 건물은 '노아의 사진들'이라고 반짝인다.

"저 건물들은 뭐예요, 할아버지?"

"기록을 보관하는 곳. 중요한 것들이 전부 저 안에 들어 있지."

"예를 들면 어떤 거요?"

"지금까지 우리가 했던 모든 것. 사진, 영화, 그리고 네가 준 가장 쓸모없는 선물들."

할아버지가 웃음을 터뜨리고 노아도 웃음을 터뜨린다.

둘은 서로 쓸모없는 선물을 주고받았다. 할아버지는 노아에게 크리스마스 선물로 공기가 가득 든 비닐봉지를 주었고, 노아는 할아버지에게 샌들 한 짝을 선물했다. 할아버지 생일날에는 먹다 남은 초콜릿을 선물했다. 할아버지는 그 선물을 가장 맘에 들어 했다.
 "건물이 크네요."
 "초콜릿이 컸잖아."

　"제 손을 왜 그렇게 꼭 잡고 계세요, 할아버지?"
　　"미안하다, 노아노아. 미안하다."

광장의 분수대 주변은 단단한 석판으로 덮여 있다. 누군가가 그 위에다 하얀 분필로 고급 수식을 끼적여놓았다. 흐릿하게 보이는 사람들이 이쪽저쪽으로 바삐 지나가자 신발 밑창에 쓸려서 숫자는 하나둘씩 지워지고 석판에 깊게 새겨진 선들만 남는다. 화석이 된 방정식이다. 용이 잠결에 재채기를 한다. 숫자가 적힌 수백만 개의 종잇조각들이 콧구멍에서 뿜어져 나와 온 사방에 휘날린다. 할머니가 노아에게 읽어주었던 동화 속 요정들이 그걸 잡으려고 분수대 주변에서 춤을 춘다.

"저 종이에는 뭐가 적혀 있어요?"

아이가 묻는다.

"내가 생각한 것들."

할아버지가 대답한다.

"바람에 날아가고 있어요."

"오래전부터 계속 그러고 있단다."

아이는 고개를 끄덕이고 자기 손가락으로 할아버지의 손가락을 단단히 감싼다.

"할아버지, 머리가 아파요?"

"누가 그러던?"

"아빠가요."

할아버지는 코로 숨을 내쉰다. 고개를 끄덕인다.

"사실은 잘 몰라. 뇌가 어떤 식으로 작동하는지 거의

알 수가 없거든. 지금은 희미해져가는 별과 비슷하단다. 내가 거기에 대해서 가르쳐줬던 거 기억하지?"

"별이 희미해지더라도 마지막 빛줄기가 지구에 도착하려면 아주 오래 걸리니까 우리는 한참 뒤에서야 알 수 있다고요."

할아버지의 턱이 떨린다. 할아버지는 우주의 나이가 130억 년이 넘는다고 노아에게 잊을 만하면 한 번씩 이야기한다. 할머니는 늘 중얼거렸다. "그런데도 당신은 그 우주를 쳐다보느라 바빠서 설거지를 할 시간도 없다 이거죠." 할머니는 노아에게 가끔 "바쁘게 사는 사람들은 항상 뭔가를 바쁘게 놓치면서 사는 거야"라고 속삭였지만 노아는 할머니가 돌아가실 때까지 그게 무슨 소리인지 이해하지 못했다. 할아버지는 떨림을 멈추려고 손깍지를 낀다.

"머리가 빛을 잃어가더라도 몸은 한참 뒤에서야 알아차리지. 인간의 몸은 어마어마하게 부지런하단다. 수학의 걸작이라 마지막 빛이 꺼지기 직전까지 계속 일을 하거든. 인간의 두뇌는 가장 무한한 방정식이라 이 방정식을 해결하면 달에 갔을 때보다 훨씬 엄청난 능력이 우리 인류에게 생길 거야. 우주에 인간보다 더 엄청난 수수께끼는 없거든. 할아버지가 실패에 대해서 뭐라고 얘기했는지 기억하니?"

"한 번 더 시도해보지 않는 게 유일한 실패라고요."

"그렇지, 노아노아야. 그렇지. 위대한 사상은 이 세상에 머무를 수 없는 법이란다."

노아는 눈을 감고 흐르려는 눈물을 눈꺼풀 안에 가둔다. 광장에 눈이 내리기 시작하는데 갓난아이가 울 때처럼 처음에는 보일락 말락 하다가 이내 멈추지 않을 기세로 퍼붓는다. 묵직하고 하얀 눈송이가 할아버지의 생각을 모두 덮는다.

"학교 얘기를 들려주겠니, 노아노아?"

할아버지가 아이에게 묻는다.

할아버지는 늘 학교생활을 전부 알고 싶어 하지만, 노아의 태도에 대해서만 궁금해하는 여느 어른들과는 다르다. 할아버지는 학교가 제대로 가르치는지 궁금해한다. 하지만 학교는 제대로 가르치는 법이 거의 없다.

"선생님께서 어른이 돼서 뭐가 되고 싶은지 쓰라고 하셨어요."

노아가 얘기한다.

"그래서 뭐라고 썼는데?"

"먼저 어린아이로 사는 데 집중하고 싶다고 썼어요."

"아주 훌륭한 답변이로구나."

"그렇죠? 저는 어른이 아니라 노인이 되고 싶어요. 어른들은 화만 내고, 웃는 건 어린애들이랑 노인들뿐이잖아요."

"그 얘기도 썼니?"

"네."

"선생님께서 뭐라고 하시던?"

"과제를 제대로 이해하지 못했다고 하셨어요."

"그래서 너는 뭐라고 했니?"

"선생님이 제 답변을 이해하지 못하신 거라고 했어요."

"사랑한다."

할아버지는 눈을 감은 채 가까스로 말한다.

"피가 또 나요."

노아는 할아버지의 이마에 손을 얹는다.

할아버지는 물 빠진 손수건으로 이마를 닦는다. 주머니를 뒤지며 뭔가를 찾는다. 그러다 그림자들이 뒤죽박죽 섞인 아스팔트 몇 센티미터 위에서 대롱거리는 아이의 신발을 쳐다본다.

"네 발이 땅에 닿을 때쯤 이 할애비는 우주에 있을 게다, 사랑하는 노아노아야."

아이는 할아버지와 박자를 맞춰서 숨을 쉬는 데 집중한다. 그것도 두 사람이 좋아하는 또 다른 게임이다.

"우리, 작별하는 법을 배우러
여기 온 거예요, 할아버지?"

마침내 아이가 묻는다.
노인은 턱을 긁으며 한참 동안 생각에 잠긴다.
"그래, 노아노아. 아무래도 그런 것 같다."
"작별은 힘든 것 같아요."
아이가 실토한다.
할아버지는 고개를 끄덕이며 아이의 뺨을 부드럽게 쓰다듬지만, 손끝이 마른 가죽처럼 거칠기 짝이 없다.
"할머니를 닮아서 그래."

노아도 기억한다. 아빠가 저녁에 할머니, 할아버지 집으로 데리러 오면 할머니는 작별 인사를 못 하게 했다. "하지 마라, 노아야. 내 앞에서 그 소리는 하지 마! 네가 떠나면 이 할미가 늙잖니. 내 얼굴에 새겨진 모든 주름이 너의 작별 인사야." 할머니는 이렇게 푸념을 늘어놓곤 했다. 그래서 노아가 작별 인사 대신 노래를 부르면 할머니는 웃음을 터뜨렸다. 할머니는 노아에게 글 읽는 법과 사프란 빵 굽는 법과 주전자에 담긴 커피를 흘리지 않고 따르는 법을 가르쳐주었다. 할머니가 손을 떨기 시작하자 손자는 할머니가 커피를 흘리지 않도록 반잔만 따르는 법을 스스로 터득했다. 커피를 흘리면 할머니가 늘 무안해했기 때문에 자기 앞에서는 무안해질 일이 없게 했다. "내가 노아, 너를 얼마만큼 사랑하는가 하면." 할머니는 동화책을 읽어주다 손자가 막 잠이 들려고 하면 귓가에 입술을 대고 속삭였다. "하늘도 그 마음을 다 담지 못할 거야." 할머니는 완벽하지 않았지만 노아의 할머니였다. 손자는 할머니가 돌아가시기 전날 밤에 노래를 불러드렸다. 할머니는 머리보다 몸이 먼저 작동을 멈췄다. 할아버지는 반대였다.

"저는 작별인사를 잘 못해요."

아이가 말한다.

할아버지는 이를 훤히 드러내며 미소를 짓는다.

"연습할 기회가 많을 거다. 잘하게 될 거야. 네 주변의 어른들은 대부분 시간을 거슬러 올라가서 제대로 작별 인사를 할 수 있다면 얼마나 좋을까 후회하고 있다고 보면 돼. 우리는 그런 식으로 작별 인사를 하지는 않을 거야. 완벽해질 때까지 몇 번이고 반복해서 연습할 거야. 완벽해지면 네 발은 땅에 닿을 테고 나는 우주에 있을 테고 두려워할 건 아무것도 없을 테지."

※

 노아는 물고기를 낚는 법과 큰 생각을 두려워하지 않는 법과 밤하늘을 쳐다보며 그것이 숫자로 이루어졌음을 파악하는 법을 가르쳐준 노인의 손을 잡는다. 거의 모두가 두려워하는 영원이라는 것을 더 이상 두려워하지 않게 되었으니 그런 점에서 수학이 노아에게는 축복이었다. 노아가 우주를 사랑하는 이유는 끝이 없기 때문이다. 죽지 않기 때문이다. 평생 자신을 떠날 일이 없기 때문이다.
 노아는 다리를 흔들며 꽃 사이에서 반짝이는 쇠붙이들을 열심히 들여다본다.

"열쇠마다 숫자가 적혀 있어요, 할아버지."

할아버지는 벤치 너머로 허리를 숙여서 차분하게 열쇠들을 바라본다.

"그래, 그렇구나."

"왜 그런 거예요?"

"기억이 나질 않아."

할아버지는 갑자기 두려움에 휩싸인 목소리다. 몸은 무겁고 목소리에는 힘이 없고 피부는 조만간 바람에 내동댕이쳐질 돛과 같다.

"제 손을 왜 그렇게 꼭 잡고 계세요, 할아버지?"

아이는 다시 속삭인다.

"모든 게 사라지고 있어서, 노아노아야. 너는 가장 늦게까지 붙잡고 있고 싶거든."

아이는 고개를 끄덕인다. 보답으로 할아버지의 손을 더욱 세게 잡는다.

※

 그가 여인의 손을 점점 더, 점점 더, 점점 더 세게 움켜쥐자 그녀는 다정하게 한 손가락씩 떼어내고 그의 목에 입을 맞춘다.
 "내가 무슨 밧줄이라도 되는 것처럼 움켜쥐고 그래요."
 "두 번 다시 놓치고 싶지 않아서. 괴로워서 견딜 수가 없었거든."
 그녀는 명랑하게 그와 나란히 길을 걷는다.
 "내가 여기 있잖아. 나는 늘 여기 있었어. 노아 얘기 좀 더 들려줘요, 하나도 빠짐없이."

그의 표정이 조금씩 부드러워지는가 싶더니 마침내 함박웃음을 짓는다.
"키가 엄청 컸어. 조만간 발이 땅바닥에 닿을 거야."
"그럼 닻 밑에 돌을 몇 개 더 얹어야겠네?"
그녀는 웃으며 말한다.
그는 숨이 차서 걸음을 멈추고 나무에 기댄다. 두 사람의 이름이 나무에 새겨져 있지만 그 이유가 기억나지 않는다.
"여보, 기억들이 나에게서 점점 멀어져가고 있어. 물과 기름을 분리하려고 할 때처럼 말이야. 나는 계속 한 페이지가 없어진 책을 읽고 있는데 그게 항상 제일 중요한

부분이야."

"알아요. 당신이 두려워하고 있다는 거, 나도 알아요."
그녀는 대답하고 그의 뺨에 입술을 스치고 지나간다.

"이 길 끝에는 뭐가 있지?"

"집."

그녀가 대답한다.

"여긴 어디고?"

"우리가 처음 만난 곳으로 돌아왔죠. 당신이 내 발을 밟았던 댄스장이 저기 있어. 내가 실수로 당신 손을 끼운 채로 문을 닫아버린 카페도 저기 있고. 그 일로 당신 손가락이 지금까지 휘었잖아. 당신은 계속 내가 미안해서 당신이랑 결혼한 걸지 모른다고 했고."
"당신이 내 청혼을 받아준 이유가 뭐였든 상관없어. 당신이 내 곁에 남아줬으니까."
"당신이 내 사람이 된 교회가 저기 있네. 우리 보금자리가 된 집도 저기 있고."
그는 눈을 감고 후각에 몸을 맡긴다.

"당신의 히아신스.
그 향기가 이렇게 강렬했던 적이 없는데."

그들은 반세기가 넘도록 서로의 사람으로 지냈다. 그

녀는 저 나무 아래에서 그를 처음 만났을 때 싫어했던 부분들을 마지막 날까지 싫어했고, 나머지 부분들은 마지막 날까지 무척 좋아했다.

"일흔 살에 당신이 나를 똑바로 쳐다봤을 때, 나는 열여섯 살 때처럼 세게 넘어졌지."

그녀는 미소를 짓는다.

그는 손끝으로 그녀의 쇄골 위쪽을 건드린다.

"당신은 내 눈에 한 번도 평범해 보인 적이 없었어. 당신은 전기 충격이고 불덩이였지."

그녀는 이로 그의 귓불을 간질이며 대꾸한다.

"그보다 더 기분 좋은 칭찬이 어디 있을까."

그녀처럼 열심히 그와 싸운 사람도 없었다. 그들이 맨 처음 다투었을 때 원인은 우주였다. 그가 어떤 식으로 우주가 탄생됐는지 설명했을 때 그녀가 받아들이길 거부했던 것이다. 그가 언성을 높이자 그녀는 화를 냈고, 영문을 몰라 하는 그를 향해 그녀는 소리를 질렀다. "내가 왜 화가 났느냐면 당신은 모든 게 우연히 생겨났다고 생각하지만 이 지구상에 살고 있는 수십 억의 인구 중에서 내가 당신을 발견한 거야. 내가 다른 사람을 발견했어도 상관없다고 말하는 거라면 당신의 그 빌어먹을 수학 따위 참고 들어주지 않을 테야!" 그녀는 주먹을 쥐고 있었다. 그는 가만히 서서 몇 분 동안 그녀를 쳐다보았다. 그러다 사랑한다고 말했다. 그때가 처음이었다. 두 사람은 끝까지 아옹다옹하며 지냈고 끝까지 각방을 쓰지 않았다. 그는 평생 확률을 계산하는 일을 했지만 그녀처럼 확률적으로 희귀한 사람은 본 적이 없었다. 그녀와 같이 있으면 그는 뒤죽박죽이 되어버렸다.

  맨 처음 장만한 집으로 이사했을 때 그는 해가 뜨지 않는 몇 개월 동안 정원을 가꾸었다. 마침내 해가 떴을 때 눈부시도록 아름답게 가꿔진 정원을 보고 그녀는 제대로 숨을 쉬지 못했다. 그는 수학도 아름다울 수 있다는 걸 보여주고 싶었기에 과학만이 성인 남자에게 유발할 수 있는 의지를 발휘했다. 태양의 각도를 계산하고, 나무 그림자가 어떤 식으로 드리워지는지 도식을 그리고, 그날그날 기온을 기록하고, 효율을 감안해서 식물을 선택했다. "당신한테 알려주고 싶었어." 그해 6월에 그녀가 잔디밭에 맨발로 서서 울음을 터뜨리자 그가 말했다. "뭘요?" 그녀가 물었다. "방정식은 마술이고 모든 공식은 주문이라는 걸."

이제 그들은 나이를 먹었고 길 위에 서 있다. 그녀가 내뱉은 말들이 그의 셔츠에 부딪친다.

"그러더니 나를 골탕 먹이려고 해마다 몰래 고수를 키우기 시작했죠."

그는 순진한 척 팔을 벌린다.

"무슨 소리를 하는 건지 모르겠네. 당신도 알다시피 내

가 깜빡깜빡하잖아. 나이를 먹어서. 당신은 고수를 좋아하지 않는다는 건가?"

"내가 고수를 싫어한다는 거 알면서!"

"노아가 범인이로군. 그 녀석을 믿은 내가 잘못이지." 그는 웃음을 터뜨린다.

그녀는 양손으로 그의 셔츠를 움켜쥐고 발끝으로 서서 그를 똑바로 쳐다본다.

"사랑스럽고 까다롭고 뚱한 당신, 당신은 절대 쉽거나 싹싹한 사람이 아니었어요. 어떨 때는 미워하는 게 더 쉬울 만큼. 하지만 어느 누구도 감히 내게 당신은 사랑하기에 어려운 사람이었다고 말하지 못할 거예요."

히아신스 향기가 나고 가끔 고수 냄새도 풍기는 정원 옆에 오래된 벌판이 있다. 벌판을 가로지른 울타리 저편에 오래전에 동네 주민이 육지로 끌어다놓은 고물 어선이 있었다. 할아버지가 집에서는 도무지 평온하게, 조용히 일을 할 수 없다고 입버릇처럼 말하면 할머니는 항상 할아버지가 집에서 일을 하면 평온하게, 조용히 지낼 수가 없다고 대꾸했기에 어느 날 아침 할아버지가 정원을 지나고 울타리를 돌아 나가서 어선의 선실에 페인트를 칠하고 사무실로 꾸몄다. 할아버지는 그 뒤로 오랫동안 그곳에서 숫자와 계산과 방정식에 둘러싸여 지냈다. 그곳

은 지구상에서 유일하게 모든 것이 논리적인 공간이었다. 수학자들에게는 그런 공간이 필요하다. 어쩌면 모든 사람들에게 그런 공간이 필요할지 모른다.

커다란 닻이 어선 한쪽에 기대 세워져 있다. 테드는 아주 어린 꼬맹이였을 때 가끔 아빠에게 그 닻보다 더 키가 커지려면 얼마나 기다려야 하느냐고 물은 적이 있었다. 아빠는 그게 언제 적이었는지 열심히 기억을 더듬는다. 어찌나 열심히 기억을 더듬었던지 머릿속의 광장이 요동을 쳤다. 그는 한 가지 깨달음을 얻었다. 노아가 태어났을 때 그는 달라졌다. 할아버지인 그는 아빠였을 때와 다른 사람이었다. 수학자들에게는 종종 있는 일이다. 예전에 테드가 했던 질문을 노아가 하자 할아버지는 이렇게 대답했다. "평생 그러지 않길 바라는 게 좋을 거다. 왜냐하면 닻보다 키가 작은 사람들만 할아버지의 사무실에서 언제든 놀 수 있거든." 노아의 머리가 닻 꼭대기에 점점 가까워지자 할아버지는 방해받을 특권을 잃고 싶지 않아서 그 밑에 돌을 괴었다.

"노아가 얼마나 똑똑해졌는지 몰라."
"전부터 그랬어요. 당신이 알아차리는 데 시간이 걸린 거지."

그녀는 콧방귀를 뀐다.

그는 목이 멘다.

"뇌가 계속 쪼그라들어서 광장이 매일 밤마다 작아지고 있어."

그녀는 그의 관자놀이를 어루만진다.

"우리가 맨 처음 사랑에 빠졌을 때, 당신이 잠자는 시간이 고문이라고 했던 거 기억나요?"

"응. 잠은 같이 잘 수 없었으니까. 날마다 아침에 눈을 뜨면 거기가 어디인지 알아차리기 전 몇 초 동안 얼마나 괴로웠다고. 당신이 어디 있는지 알아차리기 전 몇 초 동안 말이야."

그녀는 그에게 입을 맞춘다.

"매일 아침마다 집으로 돌아오는 길이 점점 길어질 거예요. 하지만 내가 당신을 사랑했던 이유는 당신의 머리가, 당신의 세상이 남들보다 넓었기 때문이에요. 그게 아직 많이 남아 있어요."

"견딜 수 없을 만큼 당신이 보고 싶어."

그녀는 눈물을 보이며 미소를 짓는다.

"이런 고집스러운 사람. 당신이 사후 세계를 믿지 않았다는 거 알아요. 하지만 나는 당신의 생각이 틀렸기를 진심으로, 진심으로, 진심으로 바라고 있다는 걸 알아줬으면 해요."

그녀의 뒤로 보이는 길이 가물가물해지고 지평선이 비기운을 머금는다. 그는 있는 힘껏 그녀를 끌어안는다. 한숨을 쉰다.

"그러면 당신이 나랑 얼마나 티격태격할까. 우리가 천국에서 만난다면 말이지."

＊

 갈퀴 한 자루가 벽에 기대서 있다. 축축한 흙이 묻은 식물 이름표 세 개가 그 옆에 놓였다. 땅바닥에는 안경이 주머니 밖으로 삐죽 고개를 내민 가방이 널브러져 있다. 발 받침대 위에는 누가 두고 간 현미경이 있고, 고리에는 흰색 외투가 걸려 있고, 그 밑으로 빨간색 신발 두 짝이 보인다. 할아버지는 여기 이 분수대 옆에서 청혼을 했고, 할머니의 소지품이 여기저기 아직 그대로 남아 있다.

 아이는 할아버지 이마에 난 혹을 조심스럽게 만져본다.
 "아파요?"

아이가 묻는다.

"아니, 전혀."

할아버지가 대답한다.

"머릿속 말이에요. 머릿속이 아프냐고요."

"아픈 느낌이 점점 줄어들고 있단다. 건망증이 하나 좋은 게 그거야. 아픈 것도 깜빡하게 된다는 거."

"어떤 기분이에요?"

"주머니에서 뭔가를 계속 찾는 기분. 처음에는 사소한 걸 잃어버리다 나중에는 큰 걸 잃어버리지. 열쇠로 시작해서 사람들로 끝나는 거야."

"무서우세요?"

"조금. 너는?"

"저도 조금요."

아이는 실토한다.

할아버지는 씩 웃는다.

"그러면 곰들이 얼씬도 못하겠구나."

아이는 노인의 쇄골에 뺨을 대고 있다.

"사람을 잊어버릴 때가 되면 잊어버렸다는 것도 잊어버리는 거예요?"

"아니, 잊어버렸다는 게 가끔 생각날 때도 있어. 그게 건망증 중에서도 최악이지. 폭풍이 치는데 문이 잠겨서 집 안으로 들어가지 못하는 상태하고 비슷하거든. 그래서

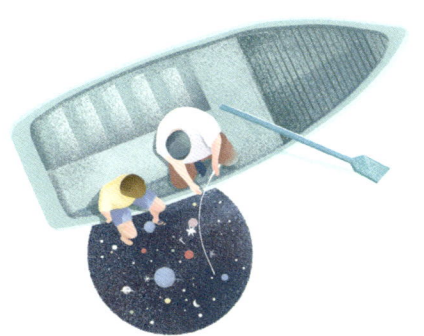

기억해내려고, 여기 이 광장이 통째로 흔들릴 정도로 열심히 애를 쓰게 되지."

"그래서 그렇게 피곤해지시는 거예요?"

"그렇단다. 가끔은 날이 아직 밝을 때 소파에서 잠이 들었다가 해가 진 뒤에 퍼뜩 눈을 뜬 것 같은 기분이 들 때도 있어. 거기가 어딘지 기억하기까지 몇 초가 걸리지. 그 몇 초 동안 우주를 떠돌면서 눈을 깜빡이고 비벼가며 몇 단계를 거쳐 내가 누구이고, 거기는 어디인지 기억해내는 거야. 그렇게 집으로 돌아오는 거지. 그런데 우주에서 집으로 돌아오는 길이 매일 아침마다 점점 길어진단다. 할아버지는 지금 넓고 잔잔한 호수를 떠다니고 있어,

노아노아야."

"끔찍해요."

"그래. 아주, 아주, 아주 끔찍하지. 왠지 모르겠지만 장소와 방향부터 지워지는 것 같아. 맨 처음에는 어디로 가는 길이었는지 잊어버리다 지금까지 어디를 지나왔는지 잊어버리고 결국에는 지금 있는 곳이 어디인지를 잊어버리고…… 아니면 그 반대인가…… 내가…… 의사가 뭐라고 했는데. 내가 병원에 가니까 의사가 뭐라고 했는데. 아니면 내가 뭐라고 했던지. 내가 '선생님……'."

할아버지는 관자놀이를 점점 더 세게 두드린다. 광장이 움직인다.

"괜찮아요."

아이가 속삭인다.

"미안하다, 노아노아."

할아버지가 속삭인다.

아이는 할아버지의 팔을 쓰다듬으며 어깨를 으쓱한다.

"걱정 마세요. 풍선을 드릴게요, 할아버지. 우주로 갈 때 들고 가실 수 있게."

"풍선이 있어도 내가 사라지는 건 막을 수 없을 게다, 노아노아."

할아버지는 한숨을 쉰다.

"알아요. 하지만 할아버지 생신 때 드릴 거예요. 선물로."

"아주 쓸모없는 선물 같구나."

할아버지는 미소를 짓는다.

아이는 고개를 끄덕인다.

"그걸 들고 계시면 우주로 떠나기 직전에 풍선을 받았다는 걸 알 수 있잖아요. 그리고 그거야말로 최고로 쓸모없는 선물이죠. 우주에서는 풍선이 전혀 아무 쓸모가 없으니까요. 그래서 웃음이 날 거예요."

할아버지는 눈을 감는다. 아이의 머리칼에 대고 숨을 쉰다.

"그렇게 훌륭한 선물은 받아본 적이 없구나."

호수는 반짝이고, 두 사람의 발은 좌우로 움직이고, 바짓부리는 바람에 펄럭인다. 바람에서 벤치 위로 내리쬐는 햇살과 물 냄새가 난다. 물과 햇살에도 냄새가 있다는 걸 모르는 사람들도 있지만 그들은 안다. 그건 다른 모든 냄새와 멀찌감치 떨어져 있어야 알 수 있다. 배에 가만히 앉아 있어야, 드러누워서 생각에 잠길 여유가 생길 만큼 느긋하게 쉬고 있어야 알 수 있다. 호수와 생각은 그런 점에서 비슷하다. 둘 다 시간이 걸린다. 할아버지는 노아 쪽으로 몸을 숙이고 긴 잠 속으로 빠져들려는 사람처럼 숨을 뱉는다. 두 사람 중 한 사람은 점점 자라고 한 사람은 점점 작아져서 몇 년이 지나면 중간에서 만날 수 있을 것이다. 아이는 장벽과 큼지막한 경고 표지판으로 가로막힌, 광장 저편의 도로를 가리킨다.

"저긴 왜 저래요, 할아버지?"

할아버지는 아이의 쇄골에 머리를 기댄 채 눈을 깜빡인다.

"아…… 저 도로는…… 아마…… 폐쇄됐을 거다. 할머니가 돌아가셨을 때 내린 비로 쓸려 내려갔어. 지금 그걸 생각하면 너무 위험해진다, 노아노아."

"저 길을 따라가면 뭐가 나오는데요?"

"지름길이야. 저 길로 가면 아침에 집으로 돌아올 때

오래 걸리지 않았어. 눈을 뜨면 바로 집이었지."

할아버지는 중얼거리며 이마를 두드린다.

아이는 더 묻고 싶어 하지만 할아버지가 가로막는다.

"학교생활 얘기를 좀 더 해주렴, 노아노아야."

노아는 어깨를 으쓱한다.

"수학은 별로 안 하고 쓰기만 많이 해요."

"예전부터 그랬지. 학교들은 깨닫는 게 없구나."

"그리고 음악 수업이 싫어요. 아빠가 기타를 가르쳐주려고 하지만 못 치겠어요."

"걱정 마라. 우리 같은 사람들에게는 다른 종류의 음악이 있거든, 노아노아."

"그리고 계속 글을 쓰래요! 한번은 선생님이 인생의 의미가 뭐라고 생각하는지 쓰라고 한 적도 있어요."

"그래서 뭐라고 썼는데?"

"함께하는 거요."

할아버지는 눈을 감는다.

"그렇게 훌륭한 대답은 처음 듣는구나."

"선생님은 더 길게 써야 한다고 했어요."

"그래서 어떻게 했니?"

"이렇게 썼어요. 함께하는 것. 그리고 아이스크림."

할아버지는 잠깐 생각하다가 묻는다.

"어떤 아이스크림?"

노아는 미소를 짓는다. 자기를 이해해주는 사람이 있다는 건 기분 좋은 일이다.

그와 여인은 길 위에 있고 두 사람은 다시 젊어졌다. 그는 그녀를 처음 만난 순간들을 하나도 빠짐없이 기억한다. 그때의 추억들은 빗물에 쓸리지 않도록 최대한 멀찌감치 치워놨다. 그들은 열여섯 살이었고 그날 아침에는 눈마저 사랑스러워서, 비누 거품처럼 가벼운 눈송이가 사랑하는 누군가를 조심스럽게 깨우려는 듯 차가운 뺨 위로 내려앉았다. 머리칼에 1월을 머금은 그녀가 그의 앞에 서 있었고 그는 할 말을 잃었다. 그녀는 그가 생애 처음으로 해결하지 못한 수수께끼였고, 그날 이후로 매 순간 노력

했음에도 그녀라는 수수께끼는 끝까지 풀리지 않았다.

"당신이 옆에 있으면 내가 누군지 언제든 알 수 있었어. 당신이 내 지름길이었지."

할아버지가 털어놓는다.

"나는 방향 감각이 빵점이었는데."

그녀는 웃음을 터뜨린다.

"죽음은 부당한 일이야."

"아니, 죽음은 느린 북이에요. 심장이 뛸 때마다 숫자를 세는. 그래서 조금만 더 시간을 달라고 실랑이를 벌일 수가 없어요."

"멋진데, 여보?"

"다른 사람이 한 말이에요."

그들의 웃음소리가 서로의 가슴속에서 메아리친다. 조금 뒤에 그가 이야기한다.

"가장 평범했던 일들이 그리워. 베란다에서 아침을 먹었던 거. 화단에서 잡초를 뽑았던 거."

그녀는 숨을 한 번 마신 다음 대답한다.

"나는 새벽이 그리워요. 더 이상 태양을 막을 방법이 없을 때까지 점점 더 짜증을 내며 조급하게 수면 위로 발을 구르던 새벽이. 호수 위로 반짝이던 햇살이 부둣가 돌멩이들을 지나 뭍으로 올라와서 정원을 따뜻하게 어루만지고 집 안으로 살그머니 쏟아져 들어오면 이불을 박차

고 나와서 하루를 시작했잖아요. 사랑스럽게 졸음에 겨워 하던 그때 당신 모습이 그리워요. 그때 당신 모습이."

"우리는 남다르게 평범한 인생을 살았지."

"남다르게 평범한 인생을 살았죠."

그녀는 웃음을 터뜨린다. 나이가 지긋해진 눈에 새롭게 햇살이 깃들고, 그는 사랑에 빠지는 기분이 어떤 건지 아직까지 기억하고 있다. 아직은 거기까지 비가 내리지 않았다.

그들은 어둠이 내릴 때까지 지름길 위에서 춤을 춘다.

*

　사람들이 광장을 왔다 갔다 하고 있다. 형체가 가물가물한 한 남자가 용의 발을 밟자 용이 야단을 친다. 소년은 나무 밑에서 기타로 서글픈 곡조를 연주하고 할아버지는 콧노래로 따라 부른다. 젊은 여자가 맨발로 광장을 가로지르다 걸음을 멈추고 용을 쓰다듬는다. 그러다가 갑자기 빨간색 외투를 더듬고 주머니를 뒤지는데, 한참 동안 무언가를 찾아 헤맨 눈치다. 잠시 후에 여자는 고개를 들어 노아를 똑바로 쳐다보더니 명랑하게 웃음을 터뜨리며 손을 흔든다. 노아가 도움이 됐다고, 이제는 자신을 돕지 않아도 된다고, 찾았다고, 전부 해결됐다고 이야기하려는 듯하다. 순간 노아의 눈에 여자의 얼굴이 선명하게 들어온다. 할머니하고 눈이 닮았다. 아이가 눈을 깜빡이자 그 여자는 사라지고 보이지 않는다.

"아까 그 분······."

아이는 속삭인다.

"그래." 할아버지는 고개를 끄덕이고 애타게 주머니를 뒤지다 손을 들어서 머리가 건포도 상자라도 되는 것처럼, 그 안에 든 과거 한 조각을 흔들어 끄집어내기라도 하려는 것처럼 손끝으로 관자놀이를 톡톡 두드린다.

"그게······ 아까 그 여자는······ 너희 할머니야. 젊었을 때 모습이지. 네가 젊은 시절의 할머니를 만나면 안 되는 건데…… 나에게 가장 격렬한 감정을 선물한 존재가 너희 할머니였거든. 할머니는 화가 나면 술집에서 장정들을 모두 내쫓아버릴 수도 있었고 행복해하면…… 거기에 저항할 방법이 없었단다, 노아노아. 자연현상과도 같아서. 내 모든 게 그녀에게서 나왔고, 그녀가 나의 빅뱅이었지."

"어떻게 할머니한테 반하셨어요?"

아이가 묻는다.

할아버지는 한 손은 자기 무릎에, 한 손은 아이의 무릎에 올려놓는다.

"할머니가 내 가슴속에 들어왔다가 길을 잃어서 빠져

나가지 못한 게 아닐까 싶다만. 끔찍한 길치였거든. 에스컬레이터에서도 헤맬 만큼."

할아버지가 웃음을 터뜨리자 배 속에 있는 마른 나무에서 연기가 피어오르듯 탁탁 튀는 소리가 난다. 노인은 한 팔로 아이를 감싸안는다.

"나는 평생 어쩌다 내가 그 사람에게
반했는지 궁금해한 적이 없단다, 노아노아.
그 반대라면 모를까."

아이는 땅바닥에 떨어진 열쇠와 광장과 분수대를 바라

본다. 손을 뻗으면 만질 수 있기라도 한 것처럼 고개를 들어서 우주 쪽을 쳐다본다. 우주는 폭신하다. 그와 할아버지는 낚시를 하다가 배에 누워서 눈을 감고 몇 시간이나 서로 아무 말 하지 않을 때도 있다. 살아 계셨을 때 할머니는 항상 집을 지켰고, 남편과 손자가 어디 갔느냐고 누가 물으면 항상 '우주'라고 대답했다. 우주는 그들의 것이었다.

할머니가 돌아가신 것은 12월의 어느 날 아침이었다. 온 집 안에서 히아신스 향기가 풍겼고 소년은 하루 종일 울었다. 그날 밤에 소년은 눈 쌓인 정원에 할아버지와 나

란히 누워서 별을 보았다. 둘이서 할머니를 위해 노래를 불렀다. 우주를 위해 노래를 불렀다. 그 뒤로 거의 매일 밤마다 노래를 불렀다. 할머니는 그들의 것이었다.

"할머니를 잊어버릴까봐 겁이 나세요?"

아이가 묻는다.

할아버지는 고개를 끄덕인다.

"많이."

"할머니의 장례식은 잊어버리는 게 좋지 않을까요?"

아이가 묻는다.

아이는 장례식을 잊어버리는 날을 꿈꾸었을지 모른다. 모든 장례식을 잊어버리는 날을. 하지만 할아버지는 고개를 젓는다.

"장례식을 잊어버리면 내가 할머니를 절대 잊을 수 없는 이유를 잊어버릴 게다."

"복잡하네요."

"인생이 가끔 그렇단다."

"할머니는 하느님이 있다고 믿었지만 할아버지는 아니죠. 그래도 할아버지가 돌아가시면 천국에 가실까요?"

"내 생각이 틀렸어야 갈 수 있겠지."

소년은 입술을 깨물고 약속을 한다.

"할아버지가 잊어버리면 제가 할머니 이야기를 들려드릴게요. 매일 아침에 눈을 뜨자마자 제일 먼저 할머니 이

야기부터 들려드릴게요."

할아버지는 손자의 팔을 꼭 붙잡는다.

"우리가 춤을 추었다고 얘기해주려무나, 노아노아야. 사랑에 빠지는 기분이 그런 거라고, 내 발이 그 사람만을 위해 존재하는 듯한 기분이라고."

"그럴게요."

"그리고 너희 할머니는 고수를 싫어했다는 이야기도 해주겠니? 식당에 가면 내가 웨이터를 붙잡고 이 사람에게 심각한 알레르기가 있다고 얘기하곤 했다고. 어떻게 고수 알레르기가 있을 수 있느냐고 물으면 내가 '정말이에요, 심각한 알레르기가 있어요. 이 사람한테 고수를 주면 당신이 죽을 수도 있어요!'라고 했다고. 할머니는 하나도 재미없다고 했지만, 내가 딴 데를 보고 있다 싶으면 그 틈에 웃었지."

"할머니는 고수가 허브라기보다 형벌에 가깝다고 하셨죠."

노아는 웃음을 터뜨린다.

할아버지는 우듬지를 향해 눈을 깜빡이며 고개를 끄덕이고, 나무 냄새를 힘껏 들이마신다. 그러다 이마를 소년에게 대고 말한다.

"노아노아야, 마지막으로 한 가지만 약속해주겠니? 완벽하게 작별 인사를 할 수 있게 되면 나를 떠나서 돌아보지 않겠다고. 네 인생을 살겠다고 말이다. 아직 남아 있는 누군가를 그리워한다는 건 끔찍한 일이거든."

아이는 한참 동안 고민하다 이렇게 대답한다.

"하지만 머리가 아파서 좋은 게 있다면 비밀을 정말 잘 지키게 된다는 거잖아요. 할아버지들이 그러면 좋은 거잖아요."

할아버지는 고개를 끄덕인다.

"그렇지, 그렇지…… 좀 전에 네가 뭐라고 그랬더라?"

두 사람은 씩 웃는다.

"그리고 저를 잊어버릴까봐 걱정하실 필요는 없어요."

아이는 잠깐 생각을 하다가 이렇게 말한다.

"그래?"

아이의 입이 귀에 걸린다.

"네. 저를 잊어버리면 저하고 다시 친해질 기회가 생기는 거잖아요. 그리고 그건 꽤 재미있을 거예요. 제가 친하게 지내기에 제법 괜찮은 사람이거든요."

할아버지가 웃음을 터뜨리자 광장이 흔들린다. 할아버지에게 이보다 더 큰 축복은 없다.

그와 그녀는 잔디밭에 앉아 있다.

"여보, 테드가 나한테 화가 많이 났어."

할아버지가 말한다.

"당신이 아니라 이 세상에 화가 난 거야. 당신의 적이 맞서 싸울 수 있는 상대가 아니라서 화가 난 거야."

"이렇게 넓은 세상에 대고 화를 내면 노여움이 끝이 없겠네. 아쉬워……."

"당신을 많이 닮지 않아서?"

"나를 너무 닮아서. 나보다는 화를 덜 냈으면 좋겠는

데."

 "당신보다는 덜해요. 슬픔이 더 많아서 그렇지. 어렸을 때 그 아이가 당신더러 사람들이 우주여행을 하는 이유가 뭐냐고 물었던 거 기억나?"

 "응. 인간은 원래 모험심을 타고난다고, 그래서 탐험하고 발견할 수밖에 없다고, 그게 우리의 천성이라고 대답했지."

 "하지만 당신은 겁먹은 그 아이의 표정을 보고 이렇게 덧붙였잖아요. '테드, 외계인들이 무섭다고 우주여행을 하지 않을 수는 없어. 우리가 우주여행을 할 수밖에 없는 이유는 혼자 있기 두려운 마음 때문이야. 혼자 있기에는 우주가 너무 넓거든.'"

"내가 그랬던가? 말주변이 좋기도 하지."

"다른 사람이 한 말일 거야."

"그럴지도."

"이제는 테드가 노아한테 똑같은 말을 하고 있을지 몰라요."

"노아는 우주를 무서워한 적이 없어."

"그야 노아가 날 닮아서 하느님을 믿기 때문이죠."

노인은 잔디밭에 드러누워서 나무를 보며 미소를 짓는다. 그녀는 자리에서 일어나 생각에 잠긴 얼굴로 고깃배 옆면을 쓰다듬으며 울타리를 따라 걷는다.

"닻 밑에 돌멩이 몇 개 추가하는 거 잊지 마요. 노아가 금세 자랄 테니까."

그녀는 짚고 넘어간다.

땅거미가 질 무렵이라 그가 오랫동안 사무실로 썼던 선실이 너무나 작아 보인다. 그의 큰 생각들을 품을 공간이었는데도 그렇다. 무서운 꿈 때문에 자다 깬 노아가 언제든 할아버지를 찾을 수 있도록 그가 배 겉면에 얼기설기 매달아놓은 전구들은 여전하다. 응가가 급할 때 매달아놓기라도 한 것처럼 초록색과 노란색과 자주색 전구가 뒤죽박죽 엉켜 있어서 노아는 그걸 볼 때마다 웃음이 터

졌다. 웃으며 어두컴컴한 정원을 가로지르면 겁이 날 수 없는 법이다.

그녀가 옆에 누워 그에게 몸을 바짝 대고 한숨을 쉰다.

"여기서 우리 삶을 이룩했는데. 우리의 모든 것을 이룩했는데. 저 길에서 당신이 테드한테 자전거 타는 법을 가르쳐줬잖아요."

그는 입술을 꾹 다물고 있다가 실토한다.

"테드 혼자 터득했지. 나한테서 기타 좀 그만 만지작거리고 숙제나 하라는 소리를 들은 다음에 기타를 독학으로 배운 것처럼."

"당신은 바빴잖아요."

그녀는 속삭이지만 그와 똑같은 죄책감을 느끼기에 한 마디, 한 마디에 후회가 가득 묻어난다.

"그런데 이제는 테드가 바쁜 아빠가 됐지."

그가 이야기한다.

"하지만 이 세상은 당신과 그 아이에게 노아를 선물했잖아요. 노아가 당신과 그 아이 사이에서 다리 역할을 하고 있죠. 그래서 할머니, 할아버지들이 손자를 오냐오냐 하는 거예요. 그런 식으로 아이들에게 미안한 마음을 표현하는 거죠."

"너무 오냐오냐한다고 아이들이 우릴 못마땅하게 여기는 건 무슨 수로 막을 수 있을까?"

"그건 불가능해요. 우리가 할 수 있는 일이 아니에요."

그는 목구멍에서 가슴으로 흘러내리는 숨결을 느낀다.

"다들 당신이 나 같은 사람을 어떻게 견디고 사는지 의아하게 여겼지. 나도 가끔 그게 궁금할 때가 있어."

그녀가 쿡쿡거린다. 발바닥에서 올라오며 가속도가 붙은 듯한 그 웃음소리를 그가 얼마나 그리워했던가.

"춤을 출 줄 아는 남자를 만난 게 처음이라. 그래서 기회를 놓치지 않는 게 좋겠다고 생각했어. 그런 남자가 언제 또 나타날지 아무도 모르는 일이니까."

"고수는 미안해."

"무슨. 괜찮아요."

"하나도 안 괜찮아."

그녀가 어둠 속에서 조심스럽게 그의 손을 놓지만 목소리는 여전히 그의 귓가를 간질인다.

"닻 밑에 돌멩이 몇 개 추가하는 거 잊지 마요. 그리고 테드한테 기타에 대해서 물어보고."

"이젠 너무 늦었어."

그러자 그녀가 웃는 소리가 그의 머릿속을 울린다.

"고집스러운 양반 같으니라고.
아들이 끔찍하게 좋아하는 걸 물어보는데
너무 늦은 게 어디 있어요?"

비가 내리기 시작하고, 그는 마지막으로 나도 내 생각이 틀렸으면 좋겠다고 외친다. 진심으로, 진심으로, 진심으로 그러길 바란다고. 천국에서 서로 만나서 티격태격하게 될 거라고.

아이와 아빠가 복도를 걷는다. 아빠가 아이의 손을 살그머니 잡는다.

"무서워해도 돼, 노아야. 그걸 부끄럽게 생각할 필요는 없어."

아빠가 했던 말을 또 한다.

"알아요, 아빠. 걱정 마세요."

노아는 대답하고 흘러내리는 바지를 추스른다.

"바지가 좀 크구나. 거기서 제일 작은 사이즈였는데. 집에 가서 맞게 고쳐줘야겠다."

아빠가 다짐한다.

"할아버지가 아프실까요?"

노아는 궁금해한다.

"아니, 그건 걱정 마. 배에서 넘어지면서 이마가 살짝 찢어진 거거든. 실제보다 많이 다친 것처럼 보이지만 아프지는 않을 거야."

"제 말은 머릿속이요. 할아버지 머릿속이 아플까요?"

아빠는 코로 숨을 쉬면서 눈을 감는다. 발걸음이 느려진다.

"그건 설명하기가 어려운 문제로구나, 노아야."

노아는 고개를 끄덕거리고 아빠의 손을 좀 더 세게 잡

는다.

"걱정 마세요, 아빠. 덕분에 곰들이 얼씬하지 않을 거예요."

"뭐 덕분에?"

"제가 구급차에서 오줌을 싸면 곰들이 얼씬하지 않을 거라고요. 앞으로 몇 년 동안 곰들이 그 구급차 근처에는 가지도 않을 거예요!"

노아의 아빠가 천둥소리를 내며 웃음을 터뜨린다. 노아는 그 소리가 정말 좋다. 아빠의 큼지막한 손이 노아의 조막만 한 손을 부드럽게 감싸고 있다.

"그냥 조심하면 된다고 설명하면 이해가 될까? 할아버

지 말이다. 할아버지의 머리가…… 가끔 우리가 알던 속도보다 느리게 돌아갈 거야. 할아버지가 알던 속도보다 느리게 돌아갈 거야."

"네. 그래서 매일 아침마다 집으로 돌아오는 길이 점점 길어지겠죠."

아빠는 쪼그리고 앉아서 아들을 끌어안는다.

"우리 아들 참 훌륭하고 똑똑하구나. 내가 노아, 너를 얼마만큼 사랑하는가 하면 하늘도 그 마음을 다 담지 못할 거야."

"우리가 할아버지를 어떻게 도와드리면 돼요?"

아빠의 눈물이 소년의 면 스웨터 위에서 마른다.

"할아버지랑 같이 길을 걸어드리면 되지. 같이 있어드리면 되지."

두 사람은 엘리베이터를 타고 병원 주차장으로 내려가서 차를 세워둔 곳까지 손을 잡고 걸어간다. 초록색 텐트를 꺼낸다.

※

테드와 아빠가 다시 말다툼을 벌이고 있다. 테드가 앉으라고 애원하자 아빠가 노발대발 고함을 지른다.
"오늘은 너한테 자전거 가르쳐줄 시간이 없다니까, 테드! 내가 얘기했잖니! 일을 해야 한다고!"
"네, 아빠. 알았어요."
"망할, 담배를 피워야겠는데. 내 담배 어디다 숨겼니?"
아빠는 으르렁거린다.
"담배는 오래전에 끊으셨잖아요."
테드가 말한다.

"그걸 네가 어찌 알아?"

"제가 태어났을 때 끊으셨으니까 알죠, 아빠."

두 사람은 서로를 노려보며 씩씩거린다. 계속 씩씩거린다. 세상에 대고 화를 내느라 노여움이 가실 줄 모른다.

"나는…… 그게……."

할아버지가 중얼거린다.

테드의 큼지막한 손이 야윈 아빠의 어깨를 잡는다. 할아버지는 아들의 수염을 만지작거린다.

"많이 컸구나, 테드테드."

"아빠, 노아가 왔어요. 노아가 같이 있어드릴 거예요. 제가 차에서 들고 올 물건이 몇 개 있어서요."

할아버지는 고개를 끄덕이고 테드의 이마에 자기 이마를 댄다.

"얼른 집에 가야지. 엄마가 기다리잖니. 걱정하고 있을 거야."

테드는 아랫입술을 깨문다.

"알았어요, 아빠. 얼른 가요. 얼른, 얼른요."

"너 지금 키가 몇이니, 테드테드?"

"182센티미터요, 아빠."

"집에 가면 닻 밑에 돌을 몇 개 더 얹어야겠구나."

테드가 문 앞에 거의 다다랐을 때 할아버지가 기타를 들고 왔느냐고 묻는다.

✽

바닥 한가운데에 초록색 텐트가 놓인, 삶의 끝자락의 병실이 있다. 그 안에서 눈을 뜬 사람이 거기가 어디인지 모르고 숨을 헐떡이며 무서워한다. 옆에 앉아 있던 청년이 속삭인다.

"무서워 마세요."

그 사람은 침낭 속에서 일어나 앉고 부들부들 떨리는 무릎을 감싸 안으며 흐느낀다.

"무서워 마세요."

청년이 다시 한 번 속삭인다.

풍선 하나가 텐트 천장에 떠 있다. 풍선에 달린 줄이 그의 손끝에 닿는다.

"자네는 누군가?"

그가 속삭인다.

청년이 그의 팔을 쓰다듬는다.

"저는 노아예요. 할아버지의 손자예요. 할아버지는 집 앞길에서 제게 자전거 타는 법을 가르쳐주셨고, 할아버지의 발이 할머니만을 위해 존재하는 것처럼 느낄 정도로 할머니를 사랑하셨어요. 할머니는 고수를 질색하셨어도 할아버지만큼은 잘 참고 견디셨고요. 할아버지는 절대 담배를 끊지 않겠다고 장담했지만 아이가 태어나니까 끊으셨어요. 할아버지는 모험심을 타고난 분이라 우주여행을 다녀왔고 예전에 병원에 갔을 때 '선생님, 선생님, 팔이 여기서 부러졌어요!'라고 하니까 의사 선생님이 '아이구, 우리 병원에서요? 이것 참 죄송합니다!'라고 하셨어요."

할아버지는 입술을 가만히 다문 채 미소를 짓는다. 노아는 풍선에 달린 줄을 할아버지의 손에 쥐여주고 자기가 반대쪽 끝을 어떤 식으로 잡고 있는지 보여준다.

"예전에 호숫가에 텐트를 쳐놓고 그 안에서 자곤 했는데 기억하세요, 할아버지? 이 줄을 손목에 묶으면 잠이 들어도 풍선이 매달려 있을 거예요. 무서워지면 그 줄을 당기기만 하세요. 그럼 제가 밖으로 꺼내드릴게요. 매번요."

할아버지는 천천히 고개를 끄덕이고 놀라워하는 얼굴로 노아의 뺨을 쓰다듬는다.

"얼굴이 달라졌구나, 노아노아. 학교 다니기는 어떠니? 선생님들은 이제 괜찮아졌니?"

"네, 할아버지, 괜찮아졌어요. 제가 선생님이 됐어요. 요즘 선생님들은 훌륭해요."

"잘됐구나, 잘됐어, 노아노아. 위대한 사상은 이 세상에 머무를 수 없는 법이지."

할아버지는 속삭이고 눈을 감는다.

병실 밖에서 우주가 노래를 부른다. 테드는 기타를 친

다. 할아버지는 따라서 콧노래를 부른다. 화를 내기에는 너무 넓은 세상이지만, 함께하기에는 긴 인생이다. 노아는 딸아이의 머리칼을 어루만진다. 아이는 침낭 안에서 아빠 쪽으로 몸을 돌리지만 깨지는 않는다. 아이는 수학을 좋아하지 않고 제 할아버지처럼 언어와 악기를 좋아한다. 조금만 있으면 발이 땅에 닿을 것이다.

그들은 일렬로 잠을 청하고 텐트에서는 히아신스 향기가 나고 무서워할 일은 아무것도 없다.

옮긴이 이은선

연세대학교에서 중어중문학을, 국제학대학원에서 동아시아학을 전공했다. 편집자, 저작권 담당자를 거쳐 전문 번역가로 활동 중이다. 옮긴 책으로는 『일생일대의 거래』 『우리와 당신들』 『베어타운』 『할머니가 미안하다고 전해달랬어요』 『브릿마리 여기 있다』 『초크맨』 『맥파이 살인사건』 『미스터 메르세데스』 『사라의 열쇠』 『셜록 홈즈:모리어티의 죽음』 『딸에게 보내는 편지』 『11/22/63』 『통역사』 『그대로 두기』 『누들 메이커』 『몬스터』 『리딩 프라미스』 『노 임팩트 맨』 등이 있다.

하루하루가 이별의 날

초판 1쇄 발행 2017년 6월 28일
초판 13쇄 발행 2024년 8월 30일

지은이 프레드릭 배크만
옮긴이 이은선
펴낸이 김선식

부사장 김은영
콘텐츠사업2팀장 김보람 **콘텐츠사업2팀** 박하빈, 이상화, 채윤지, 윤신혜
마케팅본부장 권장규 **마케팅2팀** 이고은, 배한진, 양지환 **채널2팀** 권오권
미디어홍보본부장 정명찬
브랜드관리팀 오수미, 김은지, 이소영, 서가을
뉴미디어팀 김민정, 이지은, 홍수경, 변승주
지식교양팀 이수인, 염아라, 석찬미, 김혜원, 백지은, 박장미, 박주현
편집관리팀 조세현, 김호주, 백설희 **저작권팀** 이슬, 윤제희
재무관리팀 하미선, 윤이경, 김재경, 김혜정, 이슬기
인사총무팀 강미숙, 지석배, 김혜진, 황종원
제작관리팀 이소현, 김소영, 김진경, 최완규, 이지우, 박예찬
물류관리팀 김형기, 김선민, 주정훈, 김선진, 한유현, 전태연, 양문현, 이민운
일러스트 제니과

펴낸곳 다산북스 **출판등록** 2005년 12월 23일 제313-2005-00277호
주소 경기도 파주시 회동길 490
대표전화 02-704-1724 **팩스** 02-703-2219 **이메일** dasanbooks@dasanbooks.com
홈페이지 www.dasanbooks.com **블로그** blog.naver.com/dasan_books
종이 스마일몬스터 **인쇄·제본** (주)상지사 **후가공** 평창피앤지
ISBN 979-11-306-1320-8 (03850)

· 책값은 뒤표지에 있습니다.
· 파본은 구입하신 서점에서 교환해드립니다.
· 이 책은 저작권법에 의하여 보호를 받는 저작물이므로 무단 전재와 복제를 금합니다.

다산북스(DASANBOOKS)는 책에 관한 독자 여러분의 아이디어와 원고를 기쁜 마음으로 기다리고 있습니다. 출간을 원하는 분은 다산북스 홈페이지 '원고 투고' 항목에 출간 기획서와 원고 샘플 등을 보내주세요. 머뭇거리지 말고 문을 두드리세요.

프레드릭 배크만의 장편소설

30초마다 웃음이 터지는
시한폭탄 같은 소설
시종일관 유쾌하고,
불현듯 감동적인 소설!

★ 전 세계 280만 부 판매 달성
★ 전 세계 44개국 출간
★ 2016, 2017년 뉴욕타임스 1위

오베라는 남자 | 452쪽 | 13,800원